神秘圖書館

這本書的主人是

神祕圖書館偵探1

芽門、彩花籽與小小巫婆

文 林佑儒 圖 25度

目錄

人物介紹

小書籤

外型為黃尾巴蜻蜓，實際上是來自圖書館木的高階圖書館員，負責保護與照顧珍貴的圖書館木種子——彩花籽。

林捷與林宜

十一歲的雙胞胎兄妹，長相相似，性格卻不相同。因為在圖書館裡消磨暑假時光，意外認識來自圖書館木的館員，展開了奇幻冒險旅程。

彩花籽

圖書館木的珍貴種子，以藍色蝴蝶的型態移動，喜歡愛書人的氣味。閱讀各式各樣的書籍是她汲取養分的方法。

小書丸

外型為紫金色的金龜子，是小書籤的徒弟。只要吃太飽就會說話不清楚與結巴。協助小書籤照顧圖書館木種子——彩花籽。

小小巫婆

外型雖然像小女孩，卻是個有高強魔法的巫婆，在本集故事向林捷與林宜兄妹提出威脅與挑戰，讓兄妹倆陷入困境中。

第一章

藍色小蝴蝶

當林宜一看到哥哥瞪大眼睛，無聲的張著嘴大喊：「一、二、三」，她發現自己的手心開始冒汗。林宜轉身快走之前，又看了一眼哥哥——他已經轉過身靠在書架前面，雙手在背後交叉，有節奏的輕輕晃動。她知道哥哥仍然繼續在數數兒，等數到一百的時候，他就會像頭尋找獵物的獅子，用銳利的眼光四處搜尋她的身影。

林宜感覺自己的心臟在胸口怦怦的加速跳動，猛烈的心跳聲，讓她很想拔腿快跑。不過，林宜只是盡可能快速的移動自己的腿，快步向前走，因為這是遊戲的規定，而且這裡是圖書館。

躲在哪裡好呢？每次玩捉迷藏，讓林宜最傷腦筋的問題，就是到底要躲在哪裡？林宜在書架之間行走——這裡是她家附近的大學圖書館，書架比學校圖書館的書架要高出許多——她緊貼在離哥哥不遠的幾排書架側邊，儘管心裡緊張極了，仍然偷偷的望著哥哥。

林宜每次玩捉迷藏，總是習慣看見當鬼的人在哪裡，才覺得安心。在大學圖書館裡玩捉迷藏，最刺激的就是不能製造出任何的聲音；即使被當鬼的人捉住，也不能驚叫。林宜清楚記得，當她第一次被哥哥捉住肩膀的時候，嚇得心臟幾乎快跳出喉嚨；但是她得用力深呼吸，擠下已經卡在喉嚨的心臟，讓它回到胸口繼續跳動。

當然，發現當鬼的人正要接近自己的時候，也不能倉皇逃走。

植物百科
100-110
LIBRARY
BOOK
STAR
DOOR
DOOR

這些都是哥哥訂出來的遊戲規則。玩捉迷藏的只有林宜和哥哥兩個人，通常他們都是在看完書之後，準備回家之前玩捉迷藏，輸的人回家得幫贏的人做一件事。林宜在心裡暗暗下定決心，今天無論如何都不能輸，因為她已經連續輸了三次。

空氣裡有一股特別的味道，林宜知道，那是書的香味，爸爸書房裡的某些書，翻起來就有這樣的味道。她用力的吸一口氣，然後屏住氣息，把那含有書香味的空氣留在胸口——每次緊張的時候，林宜就會這麼做，然後在心裡默默的數著「一、二、三……」；只要數超過一百，哥哥沒找到她，就沒問題了。因為，在約定的時間內沒被「鬼」找到，就算贏了。

今天的圖書館顯得特別安靜，在書架間行走的人特別少。林宜一邊在心裡默默的數著，一邊機靈的轉動眼睛，不動聲色的觀察四周。林宜從身後的書架上選了一本書，她心裡想著：「如果躲在書架後假裝看書，或許哥哥不會發現我。」當她翻開書頁時，一股濃濃的舊書味撲鼻而來，眼前突然出現一隻拇指般大小的藍色小蝴蝶，優雅的揮著翅膀，在她的面前飛舞。林宜忍不住揉了揉眼睛，又望了望前方，她注意到前面窗戶的紗窗上破了個小洞，蝴蝶大概是從那裡飛進來的吧？

突然間，蝴蝶飛近林宜眼前，飛上她的鼻尖，緩緩的把小小的翅膀收起，豎直，一動也不動。林宜嚇了一大跳，蝴蝶居然停在自己的鼻子上！鼻尖雖然有點癢癢的，但是這是她第一次這麼近看著一隻蝴蝶。林宜瞇起眼睛，看著停在鼻尖的蝴蝶，蝴蝶翅膀上的鱗粉閃耀著和盛夏天空一樣的顏色，讓她忍不住輕輕的倒抽一口氣——林宜還驚訝的發現，這蝴蝶的氣味，和她翻開爸爸書架上最舊的一本書時，一模一樣。

第二章

黃尾巴蜻蜓

林捷用不快也不慢的速度，在心裡默默數到一百之後，回頭張望圖書館四周——妹妹果然已經躲起來了，不過，他可不擔心找不到人。雖然，只有他和雙胞胎妹妹林宜兩個人玩捉迷藏，有點無聊，不過自從他提議在圖書館裡玩捉迷藏，就增加了許多的樂趣。比方說有一回，他故意跑到樓下的閱報區，打開媽媽常看的水果日報，把自己的上半身遮住，然後在沙發上舒舒服服的坐著，不知不覺居然睡著了。等到他醒過來的時候，起身去找林宜，她的臉上掛滿緊張與焦慮，只差沒哭出來。林捷知道只要他再晚幾秒鐘出現，妹妹一定會在圖書館門口哭。不過，不知道是不是因為雙胞胎能心電感應，林捷總是能在林宜哭出來之前出現。

這一次，他主動說要當鬼；林捷知道，如果老是讓妹妹當鬼找不到他，妹妹一定很快就會厭倦這個遊戲。他們家裡住得離學校很遠，附近根本沒有同學可以一起玩。再加上暑假到了，如果妹妹也不跟自己玩，那豈不是悶死人了嗎？想到這裡，林捷脫下外套，放在桌子上。外套是紅色的，很引人注意；要不是媽媽說圖書館會開冷氣，堅持一定要他穿外套出門，他才不想穿呢。但他故意在裡面穿了灰色的T恤，圖書館的書架也是灰色的，妹妹的警覺性就不會那麼高了。接著，他在書架上挑了一本《金銀島》，抱著書在書架之間假裝找其他的書。林捷決定這一次先好好找出妹妹的藏身處，就近監視她，等到時間快到時再出現，贏得勝利。這樣，今天回家就可以叫妹妹幫他寫國語圈詞——林捷喜歡看書，不喜歡寫字。

林捷張大眼睛，四處環顧，他看不見林宜的蹤影——她會不會藏在哪一個書架後面呢？還是躲在書桌下面？從窗戶的百葉窗簾縫隙中，可以看得出來外面的陽光正強，足以把皮膚曬得通紅——暑假裡的每一天似乎都是如此。林捷注意到他面前從右邊數來的第三個窗戶，有一隻蜻蜓從百葉窗的縫隙飛進來！林捷瞇起眼睛仔細看，他確定那真的是一隻蜻蜓：細長的身體，透明的翅膀，在窗戶上停停飛飛；當蜻蜓停下來的時候，會微微的翹起亮黃的尾巴。林捷看得著了迷，就站在原地一動也不動。他發現原本停在窗戶上的小蜻蜓張開翅膀，向前面的書架飛去。也許是因為黃尾巴蜻蜓太罕見了，林捷的目光全都放在小蜻蜓上，他沒發現，其實妹妹林宜就在附近。林捷想向前一探究竟，卻發現黃尾巴蜻蜓直直的向著他飛來。

不知道為什麼，林捷心裡有一絲絲的緊張，他心想，如果蜻蜓飛到他面前，要不要捉住牠呢？

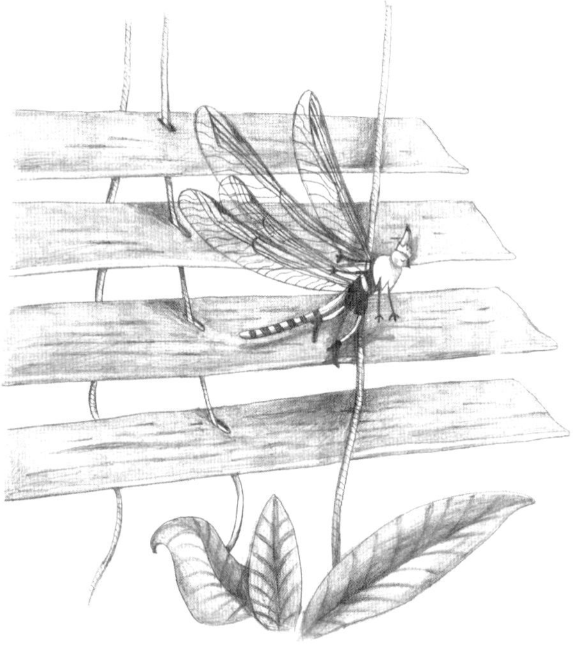

第三章

彩花籽

林宜盯著鼻子前的藍色小蝴蝶看了好一會兒，蝴蝶還是豎直翅膀，一動也不動。她已經不擔心哥哥會不會突然出現。此時，林宜全部的思緒，都被眼前這隻奇特的小蝴蝶占據。

「哦，看來，彩花籽很喜歡你呦。」有個細小的聲音在林宜的耳邊響起，林宜很想看看是誰對她說話，但是她又擔心只要稍稍一動，鼻子上那隻小蝴蝶就會翩翩飛走。

「記得，要好好保管喔，拜託你囉！」那個聲音很微小，卻十分清晰，字字句句都清楚的落在林宜的耳朵裡。

「要怎麼保管？」林宜很想問，不過她還是不敢開口說話。

「很簡單啦，只要有心愛的書就行了！」那個聲音彷彿聽見她心中的問題，立刻回答。

「心愛的書？」林宜還想再問，但是那個聲音突然消失了，而且消失得很澈底，就像突然被拔了插頭的收音機一樣。林宜覺得周遭陷入一片安靜。

林宜突然想到，手上拿的這本書，是今年夏天她最愛的書。從暑假的第一天開始，爸爸規定哥哥和她每天都得讀兩本書，暑假結束之前，得向爸爸報告讀了哪些書，還有最喜歡哪五本。暑假還有一個禮拜就結束了，林宜已經選出十本喜歡的書，她想從其中再選出三本。現在攤開在她眼前的是《愛麗絲夢遊仙境》，林宜非常喜歡這本書，她已經讀過三次。因為小蝴蝶突然飛過來，眼前的那一頁一直不能翻過去。不過林宜繼續在腦海裡想著接下來的故事情節，假裝自己跟著書裡的愛麗絲一起去冒險；她甚至幫自己在書裡增加「臺詞」；有時候她也會想像讓哥哥進入故事裡，然後趁機捉弄他一下。想著想著，林宜的嘴角不由自主的上揚，「噗嗤」笑了一聲。

「糟了，我的頭好像動了一下！」林宜在心裡驚叫的同時，她發現鼻尖的小蝴蝶連翅膀都沒張開，就直挺挺的從鼻尖落下來，像一片輕柔美麗的藍色花瓣，落在她攤開的那一頁書上，一動也不動！

第四章

遇見外星人？

當那隻黃尾巴蜻蜓直直的向著林捷飛來，林捷直覺的把手上的書放在書架上，並移動自己的腳步，彎下腰來，準備捉這隻蜻蜓。雖然他知道在圖書館裡捉蜻蜓並不適當，不過他為了玩捉迷藏，特別選了人最少的一層樓，應該沒關係才對。只是，當他想挪動腳跟時，腳底像是有個超強的大磁鐵，牢牢的吸住他的雙腳，讓他無法動彈。林捷很努力的想移動腳步，不過他用盡力氣，只能稍微彎一下左腳的膝蓋。

「這是怎麼一回事？和這隻蜻蜓有關係嗎？怎麼可能？這是書上

才會發生的事！」林捷忍不住雙手抱在胸口，偏著頭想。他隨即又發現自己移動上半身沒問題，只是下半身動不了。

「我一定要抓到你，小黃尾巴！」林捷低聲的喃喃自語。

「憑你要抓我，還早哩！」細微卻清楚的聲音，出現在林捷的耳朵附近。他困惑的四處張望，周遭一個人都沒有，是誰在說話？該不會是眼前即將飛近的小蜻蜓吧？

「不然還有誰呢？」那個聲音說。林捷感覺得到，那個聲音愈來愈清晰。他盡量彎曲自己的膝蓋，緊握雙拳，保持戒備的狀態。

「呼！終於可以休息啦！」那個聲音，彷彿就在林捷的耳朵裡，清楚到連呼吸聲都聽得見。

「小黃？是你嗎？你是誰？」林捷忍不住低聲開口問。

「我的名字可不叫做『小黃』，真是沒禮貌！」林捷突然發現，這聲音有點熟悉，好像聽過，卻又想不起來在哪裡聽過。

瞬間，他腦中浮現一個畫面：在學校的時候，曾經聽過一個穿著神氣制服的警察先生演講，內容是遇到被歹徒綁架時該如何

處理的例子；他提醒大家，如果遇到緊急的情況一定要鎮靜判斷情勢。只是，眼前沒有歹徒，又碰上如此詭異的事情，有股不祥的預感，像朵烏雲一樣在林捷的腦海裡盤據著。

「不會吧？我遇到外星人了？你要綁架我嗎？外星怪物？！」林捷試著挪動自己的腳，但腳依然像生了根一樣，一動也不能動。

「外星人？沒聽過！我才不想綁架你呢！」那個聲音聽起來懶洋洋的。

「那你告訴我，你到底是誰？叫什麼名字？從哪裡來？」林捷努力的想尋找黃色蜻蜓的蹤影，但是沒想到才一轉眼，已經不見蜻蜓的蹤影，不過依然可以聽到他的聲音。

「我的名字？你不是正在玩捉迷藏嗎？先找到我在哪裡，再告訴你吧！我現在很累，讓我睡一下。你可以動了！」那個聲音說完，居然發出沉沉的呼吸聲。林捷再次試著移動自己的腳，原本牢牢吸住腳底的力量消失了！林捷在原地跳了兩下，然後盯著自己的雙腳看了又看，這真是太神奇了！

第五章

再度飛翔的小蝴蝶

「怎麼辦？！」看到藍色小蝴蝶僵直的躺在自己的書上，林宜驚慌得不知如何是好。她心裡只有一個念頭，就是如果找到哥哥，他一定知道該怎麼辦。突然間，她發現小蝴蝶的翅膀慢慢的打開，「加油！小藍蝴蝶！」林宜忍不住為小蝴蝶打氣。好不容易，小蝴蝶終於張開美麗的藍色翅膀。

「飛吧！小蝴蝶！」林宜輕聲低語，然後輕輕的吹一口氣；藍色小蝴蝶似乎感受到了，牠虛弱而緩慢的揮動著翅膀，一次、兩次、三次，終於飛起來了！奇怪的是，小蝴蝶並沒有往上飛，而是往書頁裡鑽。林宜正想說：「不對！不對！」，卻發現小蝴蝶的藍色翅膀顏色變了！原本是亮麗的天空藍，瞬間變成彩虹七色，而且翅膀看起來有點透明。接著，小蝴蝶居然沒入書頁中，在紙張裡飛翔！飛進書中的小蝴蝶，在一行行的字間飛飛又停停，如同在繽紛的百花叢裡一樣欣喜，不再像之前那般虛弱無力，而是充滿精神；翅膀的色澤也愈來愈美麗，但是看起來卻愈來愈透明。

林宜忍不住伸出手指頭，輕輕的撫摸書裡小蝴蝶飛過的足跡，由左而右，從上到下——林宜驚訝的發現，小蝴蝶飛行的方向跟自己讀書的方向是一樣的！小蝴蝶正在讀這頁書嗎？這時，小蝴蝶終於飛到這一頁最後一個句子的最後一個字，接著停在句點上。

「要翻頁嗎？」林宜輕聲的問。小蝴蝶在句點上飛起來，又落下。於是，林宜小心翼翼的翻到下一頁，小蝴蝶果然跟著飛到下一頁，又開心的像吸花蜜一般，在每個字句間停停又飛飛。林宜一直用手指頭輕柔的跟著小蝴蝶；儘管這本書她已經讀過三次了，但是跟著小蝴蝶一起讀自己心愛的書，真是既新鮮又奇妙的經驗哪！

「原來你在這裡！」看到突然出現在眼前的雙胞胎哥哥林捷，林宜才想起來，她正在和哥哥玩捉迷藏。

「這是什麼？」林捷看到林宜手指著書裡正在飛舞的小蝴蝶。

「原來，你也看得見？」林宜驚訝的說。

「這裡有個蝴蝶形狀的黑影，好奇怪！」林捷一邊說，一邊用手

指頭摸了摸那一塊黑影。

「可是，我看見的是像彩虹一樣的七彩顏色。」林宜盯著書上的小蝴蝶看，小蝴蝶就停在林捷摸過的那一個句子，一動也不動；不過，翅膀的確是紅、橙、黃、綠、藍、靛、紫，七種顏色呀！

「因為，彩花籽和林宜讀了同一本書呦！」聽到這句話，林捷和林宜先環顧四周，發現空無一人，兩個人不約而同的對彼此說：「你也聽見了？！」

第六章

虛弱的圖書館員

「你是誰？」林宜睜大眼睛，張望四周，但是什麼都沒看見。

「小黃！你在哪裡？睡醒了就快點出來吧！」林捷一邊說，一邊翻出身上所有的口袋。

「我的名字不叫小黃。我說過，你們得先找到我，我才告訴你們我是誰。」那個聲音聽起來還是懶洋洋的。

林捷在翻遍身上所有的口袋之後，轉身背對林宜，說：「你幫我看看後面，有奇怪的東西嗎？」

「沒有！」林宜仔細的看了林捷的背後，還拍了拍他的肩膀。

「那頭髮上有沒有呢？」林捷又蹲下來，讓林宜檢查，林宜還是搖搖頭。

「喂！外星人！出個聲音，不然我們怎麼找到你嘛！」林捷說話時仍然不忘壓低自己的聲音。

「聽聲音？沒有用的！請用你的觀察力找找吧！」那個聲音說完，還「呵呵」笑了兩聲。

「請問，可以給我們一些提示嗎？」林宜怯怯的低聲說。

「嗯，還是妹妹比較有禮貌。那麼我就大方給個提示吧。我是個圖書館員，也是彩花籽的守護者——這個提示夠明顯了吧！」

「你是說你是這隻小蝴蝶的守護者？」林宜說。

「對呀！」那個聲音回答得很乾脆，聽起來心情不錯。

「那麼，你應該在這隻『黑影小蝴蝶』旁邊呀！」林捷接著說。

「不需要在旁邊，只要在附近就行了。快點找呀！找找看，我在哪兒呀？哈哈！」

「可惡！我一定會找到你的！」林捷低聲說，一邊環顧四周。

「哥！別動！那是什麼？」林宜突然按住林捷的肩膀，指了指之前被林捷順手放在書架上的《金銀島》。

「不就是一本書嗎？有什麼不對？」林捷望了望架上的書，一臉茫然。

「好像有一枝短鉛筆在上面，黃黑色相間，有點透明。」聽林宜這麼一說，林捷小心翼翼的拿起架上的書，仔細端詳。果然，封面上有一枝短短的黃色鉛筆；因為這本書的封面恰好是黃色的，所以他一直沒有注意到。

「請問，是你嗎？」林宜輕聲的問。

「沒錯！猜對了！你們好，我叫做小書籤，是圖書館木的一級館員，專門負責管理圖書館木種子，也就是彩花籽的守護者。可是，我

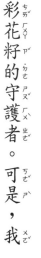

現在處於虛弱的狀態。」那枝黑黃相間的細小鉛筆，突然張開了透明的翅膀。

第七章

彩花籽的守護者

「哼！虛弱？虛弱還可以把我的腳定住不動？差點嚇死我了！」林捷滿臉不高興的說。

「如果按照我原來的功力，我可以讓你全身不能動，也不能說話喲。我剛剛睡了一覺，恢復了一些體力，功力應該還有八成，要不要試試看哪？」小書籤張開翅膀，又揮動兩下。

「不用了！不用了！」林捷連忙搖搖頭。

「小書籤，你為什麼處在虛弱的狀態呢？」林宜低頭仔細看著小書籤。乍看之下，張開翅膀的小書籤像隻蜻蜓，但其實身體的部分比較像枝袖珍短鉛筆——黑色的筆尖看起來像是小書籤的頭髮，眼睛像兩顆小星星一樣閃亮。

「因為忙著追彩花籽，所以忘了吃飯，也沒有好好睡覺。」小書籤有氣無力的說。林宜發現，其實小書籤是有眉毛的，只是很短，而且顏色又淺，只有在皺眉頭的時候，會出現一下。

「彩花籽飛到哪裡，你就得跟到哪裡？」林捷露出一臉不可思議的表情。

「沒錯，那是我的使命！彩花籽是圖書館木的種子，用人類的話來說，彩花籽是圖書館木的小孩；一旦彩花籽成熟了，就會發芽，長成一棵圖書館木。在彩花籽發芽長大之前，我都得好好的守護她才行！」小書籤用嚴肅的語氣說。

「那多累人呀！如果你跟丟了，彩花籽不見了，怎麼辦？」林捷忍不住好奇的問。

「唉，本來不應該這麼累人的，都是因為彩花籽貪玩，居然偷偷的溜到你們人類的圖書館！害我得在外頭跟著彩花籽四處亂飛。算一算，我已經七百五十年沒離開過圖書館木，在外頭待這麼久，真的是累死我了！」

「七百五十年？小書籤，你到底幾歲呀？」林宜問。

「而且你會為了彩花籽而離開那個什麼……圖書館木，彩花籽一定是很珍貴的東西。」林捷接著說。

小書籤點點頭：「彩花籽的確很特別，而且稀有。因為圖書館木一萬年才開一次花，一次只留下一顆種子——就是彩花籽。彩花籽要歷經一千年才會真正的成熟，期間她必須閱讀各式各樣的書籍才能長大，所以她才會受到林宜的書的吸引，跟林宜一起讀。至於我到底幾歲？沒特別算過耶，反正比七百五十歲多很多就是了。」說完，小書籤又是搖頭又是嘆氣。突然，他用力的吸了一口氣，眼睛發亮的四處搜尋。

「小書籤，你在找什麼呀？」林宜跟著小書籤的視線尋找。

「有一股好香的味道，聞起來好好吃。我的肚子快餓扁了！到底是……，哇！找到了！找到了！林宜！就是你！別動喔！」只見小書籤豎起翅膀，全速往林宜面前飛；快速揮動的翅膀甚至發出嗡嗡聲，讓林宜驚恐得拿起手上的書，迅速擋住自己的臉。

「喂！我妹妹的肉可一點都不好吃，你別亂來！」林捷立即衝到林宜面前，企圖阻擋小書籤。不過，小書籤卻敏捷的飛過林捷的肩膀，然後停在林宜擋在臉上的那本書的封面上，一動也不動。

第八章

關於圖書館木

「嗯，好吃！好吃！真是美味極了！果然沒錯！」只見小書籤以頭頂尖端的部分，刺入書的封面，如同蝴蝶吸吮花蜜似的。林宜雖然看不見發生了什麼事，不過她完全不敢動，直到小書籤大聲的說：

「哇！終於吃飽啦！你可以把書放下囉！」她才慢慢的把書放下。

「你到底吃了什麼？」林捷看看妹妹手上的書，又看看小書籤。

「書的味道呀！林宜手上的那本書，被許多愛書人閱讀過，散發出香噴噴的氣味呢！雖然不知道是誰曾經打翻食物、灑到封面上，有一點油臭味，但是整本書，充滿各種愛書人閱讀後留下的豐沛情緒，有開心，有驚奇，有疑惑……，真是美味到極點！」小書籤摸摸肚子，一臉滿足的表情。

「書的氣味也能吃？真是不可思議！」林捷露出一臉難以置信的樣子。

「愛書人閱讀過書的氣味，就是我們的食物；尤其是被人們喜愛、長久流傳、不斷被閱讀的書籍，氣味更棒，就等同你們人類說的山珍海味！這對於來自圖書館木的我們來說，實在是不可多得的美食呀！」小書籤露出一臉陶醉的表情。

「奇怪，我聽過黑板樹、墨水樹、筆筒樹，就是沒聽過圖書館木。圖書館木到底是什麼？它是一棵樹嗎？」林捷忍不住問。

「圖書館木的外形的確是樹的樣子，不過嚴格來說，圖書館木不單單是樹，而是一個跟人類世界平行存在的世界，只是從來沒有人發現過。」小書籤的語氣變得嚴肅起來。

「為什麼？」林捷和林宜異口同聲的說。

「你們這對雙胞胎兄妹，雖然個性不太一樣，倒是滿有默契的嘛！我聽我的師父說過，他的師父曾經研讀過圖書館木的歷史。圖書館木裡也有數不盡的藏書，不過和你們人類圖書館裡收藏普通書籍不同，圖書館木裡的每一本書都是活的，讀者可以直接看到書中的事物，和書中人物對話。最特別的是，圖書館木還珍藏許多魔法書籍，人類可以透過這些書籍學習魔法。但是曾經有個心懷不軌的

THREE

人類學會了魔法，用魔法做了很多壞事，因此另一個功力深厚的魔法師，把圖書館木變成了會移動的樹木，讓人類找不到它的行蹤，才讓圖書館木逃脫滅絕的命運。一般的人類，也很難發現圖書館木的存在，人類自然也沒有機會學習魔法。」

「原來，圖書館木就是一座活的圖書館，還收藏魔法書籍。那麼圖書館木裡，也像這個圖書館一樣，有這麼多的藏書嗎？」林宜問。

小書籤點點頭說：「是的。當年為了保護圖書館木的魔法師施了魔法，讓圖書館木看起來和一般的樹木沒什麼兩樣，其實圖書館木裡面的空間大得驚人，它真正的藏書量有多少，沒有人知道。」

「哇！」林捷和林宜同聲驚嘆，兩個人的眼睛都睜得又圓又大。

「好想親眼看看哪！」林宜滿臉期待的說。

「很抱歉，一般人類是不可能進入圖書館木的。不過，如果你們願意幫忙找出我徒弟，我可以考慮帶你們進圖書館木參觀。」小書籤眨眨眼睛。

「噢，原來，你接近我們，是有目的！」林捷雙手抱在胸口，若有所思的說。

「哼！我完全是為了保護彩花籽。彩花籽是珍貴的圖書館木種子，我得快點帶著彩花籽回到圖書館木，免得被壞人發現。要不是跟我一起來的那個笨徒弟在你們人類的圖書館迷路，到現在還不見蹤影，我才不用這麼低聲下氣的求你們幫忙呢！如果你們不想幫忙，也沒關係啦！」小書籤說話的語氣還是很強悍，下巴抬得高高的，讓林捷覺得這隻小蜻蜓真是高傲。

「小書籤，不是我們不想幫忙，只是，我和哥哥已經出門玩很久了，再不回家，我怕媽媽會擔心。」林宜一臉為難的說。

「你是指時間的問題嗎？這個就不必擔心了！從你們看見我的那一刻起，我就把時間定住不動囉。你們可以看看牆上的時鐘。」小書籤露出得意的笑容。

「咦，時鐘的秒針還是一直在移動，但是時間卻停在三點半！」林宜驚訝的說。

「是不是時鐘壞啦？」林捷抱持著懷疑的態度。

「才不是呢！你們可別小看我，我求學時，在『時間凍結術』這一門課，可是拿了滿分呢！」

林捷和林宜兄妹倆望著牆上的時鐘，秒針一圈又一圈的走著，但是時針和分針卻一動也不動，一分也不差的落在三點三十分。

第九章

叮叮咚咚小書丸

林捷和林宜目不轉睛的盯著牆上的時鐘看，直到他們確認時鐘一直停留在三點半。

林捷看看妹妹林宜，林宜點點頭，看起來沒有害怕的表情，他才開口說：「好吧！可是，要從哪裡開始找你的徒弟呢？總得給我們一些線索吧？」

「關於線索……，」小書籤低頭思考了許久，才抬頭說：「很遺憾，我不知道。」

「不知道？」

「唉，如果知道我的笨徒弟小書丸在何處，我就不必低聲下氣拜託你們，還要賭上我圖書館木一級館員的名譽，答應帶你們進圖書館木。」小書籤的聲音一下子虛弱了不少。

林宜指指自己手上的書，說：「用這本書，有沒有可能找出小書丸呢？」

「好辦法！小書丸那傢伙比我貪吃一百倍，這本書上有這麼香的氣味，怎麼可能不出現呢？」小書籤像是突然被灌飽氣的氣球，精神為之一振。

林捷提議：「走吧！我們先在圖書館逛一圈，或許小書丸就在圖書館裡面。」

「可是，彩花籽一直在書裡面，沒關係嗎？」林宜有些擔心的看著一直沒敢闔上的那一頁；美麗的彩花籽仍然張開翅膀，在書頁間自在快樂的飛舞漫遊。

「這本書應該是你心愛的書，對吧？」聽到小書籤這麼問，林宜用力的點點頭。

「彩花籽最喜歡被人類喜愛並用心閱讀的書本，放心，她會一直乖乖的待在裡面——就算把書闔起來，也沒關係喔！」小書籤這麼一說，林宜才放心的把書本輕輕闔上。

在時間靜止的圖書館裡，十分的安靜。林宜發現，連自己的腳步聲都消失了，只有氣味還留著——是濃厚的書氣味。

「時間停止之後，都是這麼安靜嗎？」林捷問。

「對呀，時間靜止，所有的活動都會停止——除了施魔法的人和被魔法包圍的人。咦？等一下！」小書籤的話還沒說完，突然振動翅膀飛到林宜的肩膀上說：「林捷，林宜，別再向前走了，先停下來。噓！」林捷兄妹一停下來就聽見一陣嗡嗡聲，在極安靜的圖書館裡顯得十分清晰。

「咦？這好像是蟲子揮動翅膀的聲音。」林捷一說完，有個小圓黑點，從前方筆直的衝向林宜手上的書，他如同被磁鐵的強大吸力牢牢吸住，一動也不動。

「嘿嘿，果然出現了！我那個不成材的徒弟！」小書籤停在林宜的肩膀上，然後靜止不動。

林捷低頭仔細端詳書上的小黑點：他有圓滾滾的身軀，六隻腳，翅膀是油亮亮的紫金色，上頭還有銀色小圓點；不過他的頭上和小書籤一樣，只有一支看起來尖尖的角。

小黑點此刻也是以頭頂的尖角插入書

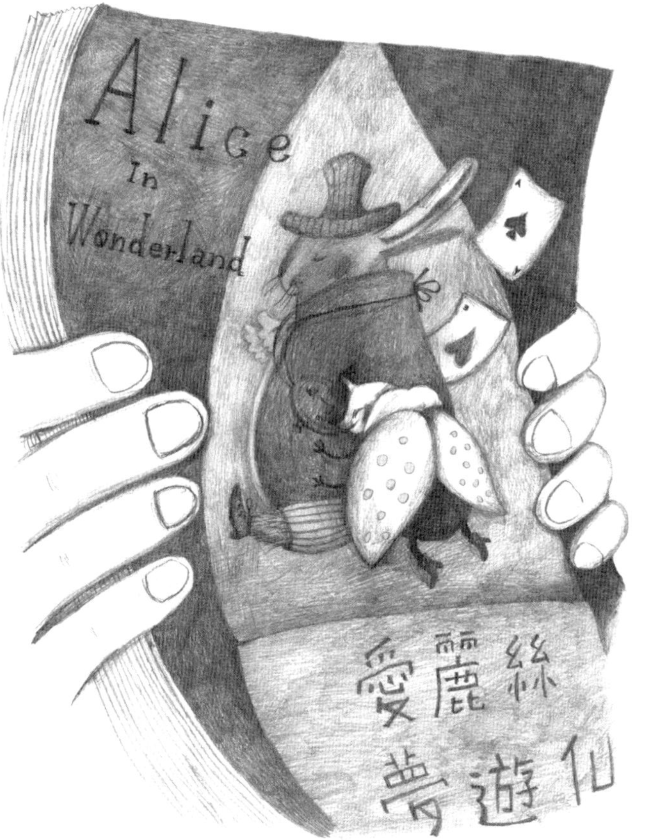

的封面，看起來是在享用大餐。

因為不敢驚動小書丸，大家沉默了足足有十分鐘之久。最後，林捷沉不住氣，忍不住問小書籤：「你不叫他嗎？」

「唉，你不了解，小書丸沒吃飽之前，就算是天打雷劈，也沒辦法讓他離開，只能等他吃飽了再說。」

「你的徒弟，是一隻金龜子嗎？」林捷好奇的問。

「小書丸就是小書丸，他是我小書籤的徒弟，圖書館木裡的實習圖書館員，不是金龜子！」小書籤抬頭挺胸的說，頭上那支短短的小尖角顯得十分尖銳。

「明明就很像呀！林宜你說，對不對？」

「以我們人類的角度來看，是很像啦！彩花籽是蝴蝶，小書籤你是蜻蜓，而小書丸是金龜子，都很可愛啦！」林宜盡量讓自己的語氣柔和，她不希望小書籤聽了覺得不舒服。

「嗯，就像我看到你們兩個，會想起在圖書館木裡遇到的兄妹——漢賽爾和葛蕾特。昨天我才看見他們在糖果屋門口吃冰淇淋小花呢！」

「你是說《格林童話》裡，遇見糖果屋巫婆的那對兄妹嗎？你真的親眼看見嗎？在哪裡？」林捷驚訝的問。

「對呀，就在圖書館木裡的童話書區。漢賽爾和葛蕾特兄妹就在這一區活動，如果我去那裡巡視，就會遇見他們。」小書籤說。

CANDY

「哇！可以親眼看見童話故事裡的人物和角色，等於是進入真正的童話世界，好棒！」林捷的臉上浮現嚮往的表情。

「那麼，你一定見過小紅帽和三隻小豬囉？」林宜說，她興奮得睜大眼睛。

「當然，我還見過羅賓漢、小熊維尼、愛麗絲……，只要是童話故事裡曾經出現的人物或角色，在這一區都可以看見喔。」小書籤一臉得意的看著林捷與林宜兄妹倆發亮的眼睛。

「叮！咚！叮咚！叮叮咚咚！」突然，一陣奇怪的叮咚聲響起。

林宜問：「這是什麼聲音呀？」

「是我的笨徒弟小書丸，他終於吃飽了！」小書籤邊說邊露出開心的表情。

林宜和林捷發現，不知道什麼時候小書丸已經轉過身來，抱著肚子坐在書的封面上，睜著圓圓亮亮的眼睛看著他們。

「叮咚，叮叮叮叮，叮咚叮咚，叮的哩咚咚，叮的哩咚咚！」小書丸一看到小書籤，搖頭晃腦的說了半天；林捷和林宜兄妹倆只聽見「叮咚」兩字，完全不了解小書丸想說什麼。林捷忍不住開口問：「請問，小書丸只會講『叮咚』這兩個字嗎？」

「唉，每次我那個笨徒弟吃太飽，就會變成這副德性。完全說不出話來，只會叮咚叮咚個不停，連我都聽不懂，真是氣死人了！」小書籤說完，立刻瞪大眼睛，生氣的指著小書丸說：「我問你，你剛才去哪裡？你不是應該跟在我和彩花籽身邊的嗎？咦？你看起來怪怪的？啊！頭上的芽門不見了！怎麼會這樣？快點說，到底發生了什麼事！」

「巫婆，叮，比賽，咚，芽門，還，咚咚咚！」小書丸費盡氣力的說。

「巫婆？巫婆應該都待在圖書館木的魔法書區裡，怎麼可能跑出來？比賽又跟芽門有什麼關係？真是豈有此理！」小書籤氣呼呼的說。

「小書籤，『芽門』是什麼？是很重要的東西嗎？」林捷問。

「芽門能夠提供幫助彩花籽成長的重要養分，如果芽門不見了，彩花籽會因為營養不良而慢慢死亡，當然很重要呀！」小書籤激動萬分的說。

「小書籤，你別急，小書丸也想把話說清楚，只是太緊張了，說不出來。小書丸，你的意思是因為和巫婆比賽的關係，所以芽門不見了，是嗎？」林宜看著小書丸說。

「餓餓，咚，撞到頭，咚咚，芽門掉了，叮，巫婆拿走，叮叮，比賽就還我。」這一次小書丸放慢了說話的速度，果然能說出來的字詞變多了。

「你是說你的肚子餓了，頭昏昏的撞到東西，芽門就掉下來，結果被一個巫婆撿到了，她說要跟她比賽才可以把芽門還給你，是嗎？」小書籤說完，小書丸用力的點點頭。

「看來，只好相信他了，不然也沒別的辦法！要等他能把事情解釋清楚，恐怕要等更久。我們還是先回圖書館木，尋找芽門的下落。」小書籤說完，隨即飛上林宜手上那本書。

小書丸也快速的揮動翅膀，飛上林捷的肩膀上，說了聲：「叮咚！發！發！」。

「出發？」林捷偏著頭看了一下肩膀。像個閃亮小圓鈕釦的小書丸，直點頭說：「四的，四的，叮咚！叮咚！」

「該往哪裡走？」林捷問。

「這泥，叮咚！」小書丸隨即飛離林捷的肩膀，飛向左方。

就在他們走向左方之後，不知道從哪裡溜進來白茫茫的霧氣，尾隨在他們身後，逐漸占據整座圖書館。

第十章

棒棒糖果園

「奇怪，什麼時候開始起霧啦？我怎麼沒發現？」林捷突然意識到自己被白茫茫的霧包圍著。幸好在前方飛行的小書丸，奮力的拍打著小翅膀，發散紫金色的亮光，讓林捷勉強知道前進的方向。林宜則是把書抱在胸前，緊緊跟在林捷後面。

小書籤似乎讀出了林宜心中的焦慮不安，體貼的說：「別擔心，前面有小書丸帶路，還有我殿後，不會走丟的！」

「叮咚！叮咚！」小書丸突然停在前方不再前進，然後回頭飛到林捷的肩膀上。林捷意識到前面一定有什麼特殊的狀況——難道是小書丸說的巫婆出現了嗎？林捷從來沒有見過巫婆，他突然覺得有點緊張。

「小書丸，你看到了什麼？」林捷覺得心跳加速，喉嚨有些發緊，手心開始冒汗，全身的神經緊繃起來。前面依舊白茫茫一片，什麼都看不見。不過，他知道，前面一定有東西擋住小書丸的去路。林捷把手插進口袋，摸了摸口袋裡的鑰匙串，突然想起鑰匙圈上有個小小的手電筒。他拿出小手電筒，按了一下按鈕，有一道小小的光束出現；林捷立即把那道光束射向前方，那道光束如同利劍，似乎驅散了一些霧氣。不久，前面出現一個小影子，看起來像是六、七歲左右的小女孩，正向著林捷走來。

「你踩到線了！」小女孩終於來到林捷面前，用又黑又亮的眼睛盯著林捷說。

「踩線？什麼線？」林捷低頭看著地上，地上果然有一條長長的、黑色的線。

「巫婆，叮咚！叮咚！芽門，拿！」小書丸突然變得激動起來。

「你是說這個小女孩是巫婆？就是她拿走了小書丸頭上的芽門？」林捷問。

「小書丸，你別多嘴！」小女孩狠狠的瞪了小書丸一眼，轉向林捷說：「你這個人類，也別礙事！」

「先告訴我，你叫什麼名字？為什麼要偷小書丸的芽門呢？」林捷仔細看了一下小女孩，她的頭髮烏黑亮麗，並穿著一件黑色洋裝，洋裝長得幾乎垂到地上，手上還抱著一個髒兮兮的布娃娃。

「喂！小小巫婆！為什麼你會出現在這裡？」小書籤飛向前，眼神充滿戒備與怒氣。

「小書籤，她真的是巫婆？」林宜雖然沒有看過真的巫婆，但是根據她讀過那麼多故事的經驗，巫婆多半應該是老太太才對呀，怎麼會是個小女孩？這讓林宜驚訝得張大了嘴巴。

「呵！呵！呵！沒錯！我就是巫婆，我叫做小小，我是小小巫婆。」小女孩張開嘴巴，露出笑容。林宜發現，她和剛上一年級的鄰居小梅一樣，缺了兩顆門牙。

「小小巫婆，別囉唆，快點告訴我芽門在哪裡？」小書籤不客氣的說。

小小巫婆冷笑一聲，說：「是小書丸自己把芽門弄丟的，我只是剛好經過，順手撿起芽門而已。本來，我只想和身為小書丸師父的你，面對面解決這個問題，沒想到你們居然帶了人類來找芽門，還讓這個人類踩了我畫的警戒線，這樣就沒什麼好談的！想要拿回芽門，就得遵守巫婆的規則——讓這兩個人類跟我比賽，如果他們贏了，我就馬上交回芽門！」說完，小小巫婆轉向林捷與林宜兄妹：「人類，如果不願意比賽，我會用魔法把你們兩個變成石頭，永遠留在圖書館木裡，動彈不得！」她露出凶惡的眼神看著兄妹倆。

林捷和林宜不安的看了一下小書籤，小書籤飛到地面看了一下，又飛上來，表情為難的說：「林捷，這件事本來應該由我和小小巫婆自行解決，不過你的確踩到巫婆設的警戒線。我知道你不是故意的，不過，很抱歉，身為圖書館木一級館員，我必須尊重巫婆設定的規則。為了拿回芽門，只能拜託你了！」

「如果我們堅持不跟巫婆比賽，我們真的會變成石頭，永遠不能回家嗎？」林宜露出擔心的神色。

「根據圖書館木的規則，的確是這樣。真的很抱歉，我不能干預。」小書籤的臉色變得十分凝重。

小小巫婆撥了撥蓋住眉毛的頭髮，說：「哼！總算有個懂規矩的人說話了。快說，到底要不要跟我一決勝負？」

「看來我們沒有選擇，要比賽什麼，快說吧！」林捷知道自己必須勇敢，不然妹妹會更緊張害怕。林捷牽起妹妹的手，果然發現她的手心開始冒汗。

「很簡單，你們必須和我比賽，看誰先在棒棒糖果園裡種出一本書。如果你們贏過我，我當然無條件還回芽門；不過如果輸了，你們兩個人類就會變成石頭，永遠被困在這裡！」小小巫婆說完，又張開嘴笑了。

「種出一本書？書是人寫出來的吧？哪有人種書？」林捷完全無法理解小小巫婆的話。

「這就要靠你自己想辦法，反正種不出書，就休想拿回芽門，你也永遠不能回到你的世界！霧來了，霧散去，變！變！變！愛書人來了，棒棒糖果園在這裡！」小小巫婆說完，拿起手上的破布娃娃一揮，身旁的霧逐漸散去。讓林捷驚訝的是，眼前出現了一大片果園，每一棵果樹上結滿各

式各樣的棒棒糖。空氣中頓時充滿各種香甜的氣味，林捷和林宜聞到了巧克力、草莓、香草和柳橙的香氣。

「這裡就是圖書館木嗎？」林宜的眼裡充滿驚奇和疑問。

「沒錯，這裡是圖書館木裡的童話書區。小書籤也太大意了，居然帶你們人類闖入我們的世界，讓圖書館木陷入曝光的危機之中。」小小巫婆說話的時候帶著敵意。接著，她的語氣一變，咧嘴笑著說：「事到如今，無論你從哪裡來，答應我的事就不能後悔！否則後果自己承擔！呵！呵！呵！」小小巫婆的笑聲不同於電視裡乾乾癟癟的老巫婆笑聲，既清脆又響亮；她同時把手上的布娃娃擲向空中。

被小小巫婆丟向空中的布娃娃落到地上後，居然搖搖晃晃的走進棒棒糖果園，左手提著一個水桶，右手拿著一把鏟子，找到一塊空地，開始挖土、埋種子、澆水。

「我只種過綠豆和紅豆，最多幫媽媽的花園澆花，但從來沒種過可以長出書的植物哪！」林捷焦急的說。

「怎麼辦？我們要怎麼開始呢？」林宜同樣一臉擔心。

「要種出書來，就必須使用書菜種子；有了書菜種子，就可以種出書果木，結出書果實——也就是小小巫婆口中的『書』。但是據我所知，圖書館木裡的唯一一顆書菜種子在五百五十九年前就被偷走了。」小書籤一臉沉重的說。

「那表示書菜種子在圖書館木以外的地方囉！這樣我們還是有希

望呀！」林捷說。

「問題是要在圖書館木以外的地方找到書菜種子，是一件很困難的事。每年圖書館木管理委員會，都會派出圖書館員尋找書菜種子，但因為缺乏線索，所以總是徒勞無功。」小書籤說完，重重的嘆了一口氣。

「原來如此……。唉！」林捷的嘴角因為失望喪氣而下垂。

「叮！這裡！書！咚！味道，香！香！」林捷注意到，小書丸正瘋狂的繞著林宜手上的書飛個不停。

「用這本書嗎？」林宜一臉疑惑的望著小書籤，小書籤的眼神瞬間亮起來，用力的點點頭說：「多虧小書丸提醒，我差點忘了書菜種子可以用書找到。小書丸的嗅覺特別靈敏，說不定這本書裡就有書菜種子！」

「林宜手上的書有什麼特別之處嗎？為什麼書菜種子會在裡面？」林捷問。

「書菜種子喜歡躲在常被人閱讀的書中，吸取養分。我猜想彩花籽也是因為這是林宜的愛書，所以捨不得離開這本書。如果真的可以藉著這本書找到書菜種子，就太好了！」小書籤的目光現在完全集中在林宜雙手環抱的那本書上。

「可是，彩花籽在裡面……」林宜十分猶豫，把書抱得更緊。

「別擔心，就是因為彩花籽在裡面，才更有機會找到書菜種子！」小書籤對林宜說。

「找？怎麼找呢？」林宜疑惑的看著手上的書，小心翼翼的翻頁瀏覽；彩花籽的影子，也隨著林宜翻閱的節奏在書頁間跳動。

「有什麼發現嗎？」林捷心急的問。林宜失望的搖搖頭，把書遞給林捷，說：「哥，你找找看。不過要小心喔，不要傷害到彩花籽。」

林捷接過書，快速的來回翻頁，甚至還拎起書背，用力的甩一甩，希望書裡掉出東西來，但是依然一無所獲。

接著，林捷似乎想到了什麼，看著小書籤說：「要找出書菜種子，會不會需要使用魔法？」

小書籤想了一想，說：「需要魔法，但是也不全然靠的是魔法——要吸引書菜種子，最重要的是一顆愛書人的心。」

「愛書人的心？那我們應該要怎麼做？」林宜用求救的眼神看著小書籤。

小書籤一臉無奈的說：「我也沒辦法確定這本書裡，一定會有書菜種子，但礙於這是巫婆的規則，我完全不能插手，只能祈求圖書館木之神助你們一臂之力了！」

眼看著離林捷和林宜不遠的地方，小小巫婆已經成功的在空地上種出一棵小樹苗，而小樹苗正以驚人的速度迅速抽高、成長。而兄妹倆還想不出任何找出書菜種子的辦法，他們的心情像落入深淵一樣無助。

兄妹倆沉默了好一會兒，林宜開口問：「小書籤，請問一下，書菜種子長什麼樣子呢？」

「真抱歉，我從來沒看過書菜種子。不過根據《珍奇圖書館木植物大全》裡描述，書菜種子會因為環境的不同而變化成不同的形狀或是生物。因為它和彩花籽一樣，容易被書香和愛書人吸引，如果停留在書中，有時候會

變成書中的某一個字，甚至是一句話。」

「好特別呀！真希望能親眼看到書菜種子！」林宜說。

「沒時間了！讓我再試試看吧！」林捷再次翻了翻書，搖一搖，拍一拍，甚至抱著書跳一跳；一不小心，書掉落地面，林宜驚呼：「哥，你太粗魯了！嚇到彩花籽了！」林捷這才發現有一隻藍色的小蝴蝶快速的揮動翅膀從書中飛出來，她先撞到一株像紅色玫瑰的棒棒糖花，然後又急急忙忙的飛向林宜，最後停在林宜的肩膀上。

「都是我太心急了！對不起！」林捷慎重的鞠躬，向彩花籽道歉，然後四處張望，找了塊空地坐下。

「哥，你現在要做什麼呢？」林宜問。

「爸爸常說，再著急也解決不了問題，我決定先讀一讀這本書，讓自己的心冷靜下來再說。」每次林捷遇到一時無法解決的事或是問題，他習慣拿本書閱讀，讓他進入另一個世界，可以暫時忘掉煩惱。當林捷打開書開始閱讀時，他發現彩花籽居然飛到他的眼前，然後停在第一章的標題〈掉進兔子洞〉的「兔」字上。彩花籽的翅膀震動速度變慢，接著開始從藍色變成粉藍色，然後轉成粉紫色，再轉成粉紅色。

「看起來彩花籽也想和哥哥一起讀這本書呢！」林宜想起彩花籽和自己也共讀過這本書，不禁露出了微笑。突然間她發現標題的另一個字有點奇怪，一邊用手指摸了摸書頁上的字，一邊說：「哥，你看『洞』這個字的三點水，變成四點；多出來的一點，會不會是有人惡作劇，故意用筆加上去的呢？」

「真的耶！我剛剛看彩花籽的翅膀顏色變化，看得入迷了，都沒發現這個字多了一點。咦，這一點雖然是黑色，但是看起來特別亮，跟一般的墨水顏色不太一樣。」林捷忍不住也伸出食指，輕輕的觸摸。不過，他

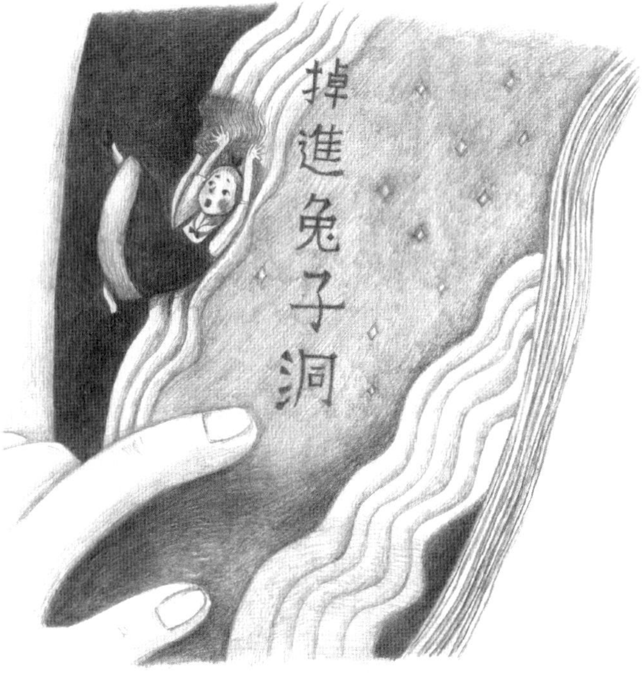

突然發現這個黑點好像稍微移動了一下。林捷警戒的抬頭看了林宜、小書籤和小書丸，說：「我覺得……這個點剛剛好像移動了位置。」

「莫非這是……」小書籤也忍不住湊近書頁瞧一瞧，那個小黑點果然又動了一下。這下子連小書丸也激動的說：「書菜！菜！菜！咚！咚！」

「這真的是書菜種子嗎？小書籤，接下來要怎麼辦呢？要怎麼樣才能把書菜種子種在土壤裡，讓它發芽、長大呢？」林宜的心情很激動，也有些緊張，但是她擔心嚇跑書菜種子，只能壓低聲音說話。

「不要緊張，林捷，請你繼續閱讀——書菜種子和彩花籽一樣，都喜歡和愛書人一起閱讀——你只要投注自己的心在書中，書菜種子一定會感受到的！」聽到小書籤這麼說，林宜開口問：「如果我和哥哥一起讀呢？可以嗎？」

「當然可以！說不定效果會更好！」小書籤點點頭說。

林宜立刻坐在林捷旁邊，兄妹兩人一起共讀，很快就沉浸在愛麗絲跟著兔子先生掉入洞穴之後，經歷的奇異世界。彩花籽鑽入書頁裡，在字句之間翩翩飛行；林捷和林宜也發現那個小黑點，緊跟在彩花籽之後，逐字逐句的跳動。當讀到愛麗絲喝下藥水，身體突然變小的那一段情節，兄妹兩人都覺得十分有趣，他們也發現彩花籽和書菜種子在那一段的文字裡跳動得特別活潑。兄妹兩人抬起頭來相視而笑，不約而同的說：「好有趣！」此時，書頁中突然飛散出亮晶晶的粉末，起先只有一點點，後來愈來愈多。

「這是怎麼回事？是我們嚇到彩花籽和書菜種子嗎？」林宜擔心的問。

「發芽！發芽！咚！」小書丸在亮晶晶的粉末中飛行，看起來很高興。林捷這才注意到這些粉末閃耀著炫麗七彩色澤，像是被陽光照射後的泡泡上產生的美麗七彩顏色。同時，林捷和林宜聽見有細微的「嗶嗶剝剝」聲從地下冒出。林捷蹲下仔細盯著地面看，有一抹細小的銀色芽點從土壤探出頭；林捷又注意到，小書丸的飛行路線從繞圈圈，變成上下來回的飛，好像急著想把土裡的小芽兒拉高、拉長。果然，銀色小芽兒奮力的鑽出堅硬的泥土，抬頭挺胸努力往上長。

兄妹倆開心的同時開口：「是書菜種子發芽了嗎？」

小書籤點點頭說：「沒錯，太好了！我們得想辦法讓書菜種子長快一點！林宜，你很喜歡這本書嗎？」林宜肯定的點點頭。

「那麼請你為書菜種子大聲朗讀，果樹會長得更快、更好喔！」

聽到小書籤這麼說，林宜迅速的翻開剛剛欣賞種子發芽時闔上的書。

「太幸運了！一翻就是我最喜歡的一頁呢！」林宜對著小書籤露出笑容，然後開始大聲的朗讀。林宜的心思太專注在她喜愛的情節與文字之中，她沒有注意到她所唸過的每一個字，都化成一陣輕柔的風，吹拂過樹苗的銀色葉片，形成一陣陣美麗亮眼的銀色波浪。林宜也沒發現小樹苗以驚人的速度迅速的長高，抽出枝葉。

當林宜唸完一頁，再抬起頭來，她驚覺自己居然坐在一棵銀色大樹下。

林宜發現，當她大聲朗讀書本中的故事時，彩花籽依然在書頁中快樂的飛翔，但是小黑點已經消失了。她真的很難相信，剛剛書中那個如同墨汁滴落的小黑點，會在這麼短的時間裡發芽、長大，變成這麼美麗的一棵大樹。真的是太神奇了！

第十一章

讓人嚇一跳的書

林捷和林宜同時抬起頭來看這棵奇特的銀色大樹。在棒棒糖果園裡，這棵大樹顯得十分突出而且特別，因為大樹比周圍的棒棒糖果樹高出好幾十倍。

「好感動喔！這是我生平第一次親眼看到書菜種子發芽，而且還長成如此健壯美麗的書果木！」小書籤感性的說，眼睛散發著光芒。

小書丸接著說：「香噴噴！香噴噴！叮咚！」

林捷好奇的問：「小書丸是指書果木很香嗎？我沒有聞到植物的香味，只聞到棒棒糖的甜味。」

「是呀，小書丸的嗅覺和你們不一樣，他對書的氣味特別敏感。等一下書果木就要開花了，書上記載書果木開出的花朵特別香，小書丸一定會開心到發瘋！」小書籤說。

突然，林捷驚訝的大叫：「彩花籽從書裡飛出來了！」

「彩花籽！你要去哪裡？」林宜也跟著大叫。

「因為書果木就要開花了，彩花籽最喜歡銀色七彩花的香氣與花蜜了！」小書籤一邊說，一邊興奮的快速拍動翅膀；小書丸的翅膀更是以瘋狂的速度拍動。

彩花籽揮舞著七彩的翅膀，穿梭在銀色的樹梢之間；不一會兒，潔白的花苞如同初生嬰兒，一朵朵從枝葉間探出嬌嫩的臉頰，然後彷彿約定好似的，在同一時間綻放。

「哇！」林捷與林宜兄妹，同時張開口驚嘆；兩個人目不轉睛的看著心型七彩花瓣按照紅、橙、黃、綠、藍、靛、紫的順序，一一綻放，中心的細長花蕊閃耀著銀白色光芒。

「哥，你聞！好香喔！」林宜發現空氣中頓時充滿翻開新書時的紙張香氣；她十分喜歡書的氣味，忍不住閉上眼睛，深深吸了幾口氣。彩花籽優遊在花海之中，四處吸取花蜜；小書籤和小書丸也開心的享用芬芳的氣味。

「糟了！彩花籽不見了！」林捷突然大聲說。原來他的視線一直追隨著彩花籽的七彩翅膀。

「林捷，別擔心。花正盛開，彩花籽一定還在這棵樹的某處，期待接下來的七彩花瓣雨。根據《珍奇圖書館木植物大全》裡的記載，花盛開之後，就會落下七彩花瓣雨，紛飛的美麗花瓣奇景，美到讓人永遠難忘！」小書籤一臉期待的說。

就在兄妹兩人仰著頭，四處張望尋找彩花籽的時候，天空落下了紅色的花瓣。

「好像下起紅色的雪呢！」林宜張開雙手，盛接紛紛飄落的紅色花瓣，然後湊近鼻子聞聞看——是好聞的紙張味道。

林捷也張開雙手，接住不少花瓣；他仔細的觀察花瓣，半透明的花瓣裡有細緻的銀色條紋。「我猜接下來是橙色！」

果然，如林捷所料，紅色花瓣之後，從天而降的是橙色花瓣，然後是黃色花瓣、綠色花瓣、藍色花瓣、靛色花瓣、紫色花瓣，整片果園都是七彩的花瓣，散發出濃濃的書香。林捷和林宜兩個人被眼前的美麗景象深深吸引，忘了原來的擔心與焦慮。

「就要開始囉！」小書籤說話的口氣變得神祕兮兮。

「開，始，咚！」林捷覺得連小書丸的語調也變得怪怪的。

「開始？什麼開始？」林捷問。

「你們看！七彩花瓣雨下完之後，就要開始結果實了！」小書籤壓低聲音說。

林捷和林宜抬頭看，所有的花瓣都已經掉落，連葉子也掉光了，只剩下銀色的樹枝與樹幹。

「還有一朵花耶！」林捷突然指向前方，林宜仔細看，眼睛發亮的說：「是彩花籽！」彩花籽張開翅膀，像一個漂亮的芭蕾舞者，緩慢而優美的在枝椏間飛舞。

「你們看！彩花籽只繞著那根樹枝跳舞耶！」林捷忍不住說出他的觀察，不過小書籤和林宜同時對

他說：「噓！」連小書丸都安靜無聲，所有的人專注的看著彩花籽的一舉一動。

不久，被彩花籽圍繞的樹枝末端，結出一個小小的銀色果實。彩花籽的舞蹈，彷彿是促進果實成長的最佳養分；果實很快的長大，顏色也從銀色轉變為紅色、橙色、黃色、綠色、藍色、靛色。當果實變成紫色的時候，突然發出「迸」的一聲，有一個小女孩從果實裡跳出來。

「這不是小小巫婆嗎？她怎麼會在這裡？」林捷瞪大眼睛說。

林宜接著說：「我以為書果木的果實，會長出一本書？」

小書籤皺了皺眉頭，點點頭說：「沒錯！她的確是書！」

第十二章

原來如此

看著眼前這個從書果木跳出來的小女孩，林捷忍不住說：「這個巫婆是『一本書』？」林捷的眼睛瞪得很大，說話的聲調也提高許多。

「沒錯！不過……」小書籤的話還沒說完，從果實裡迸出來的巫婆開口說話了：「我才不是小小，我是大大。我比小小高零點零一公分，早出生零點零一秒！我是姊姊，她是妹妹！呼！感謝圖書館木之神的庇佑，我終於擺脫那個可惡的偷書賊了！」

「姊姊！你回來了！」小小巫婆對著大大巫婆說。她滿臉欣喜，眼睛裡卻含著淚光。

「原來和我們一樣，是雙胞胎呀！」林捷和林宜不約而同的說。

「沒錯，她們是雙胞胎，也是魔法書區裡最特別的版本——活人書。活人書雖然不像書本一樣可以翻閱，不過你可以直接請教他們與魔法相關的珍貴知識，所以他們被視為圖書館木裡最寶貴的書。大大巫婆在一百四十九年前被人從圖書館木裡偷走，從此下落不明。」

小小巫婆接著說：「沒錯！我已經找了一百四十九年，好不容易打聽到用書菜種子種出的書果木，能夠把姊姊找回來。」

「既然你已經知道能夠找到大大巫婆的辦法，你為什麼不自己種出書果木？又為什麼要搶走小書丸頭上的芽門呢？」小書籤滿臉怒氣的說。

「對不起！」小小巫婆鄭重的對著小書籤和小書丸彎腰一鞠躬，然後繼續說：「我查過圖書館木裡的《尋人魔法事典》，裡面的確記載，書果木可以找到遺失的活人書；但書上也說明，彩花籽和愛書人是種出書果木的必要條件。我觀察過了，這對兄妹都是愛書的小孩，應該有利於我找回大大巫婆。所以我才會趁彩花籽流落人類世界時搶走芽門，藉此引誘你們回到圖書館木。萬萬沒想到這麼順利就找到姊姊，真是太好了！」小小巫婆說完，張開雙臂緊緊的擁抱大大巫婆，露出缺了門牙，但是滿足無比的笑容。

「好吧，念在你是為了尋找姊姊，我就不跟你計較。只要你快把芽門還來，我就原諒你！」小書籤臉上的怒氣緩和許多。

「還來！還來！」小書丸也在一旁幫腔。林捷和林宜發現這次小書丸說話清楚許多，終於沒有出現叮咚的聲音了。

「小書丸，對不起！」小小巫婆從手上的破布娃娃手裡，拿出一個不起眼的小圓圈。她把圓圈套在小書丸的頭上後，

圓圈自動包住小書丸頭上的尖角，如同指環般牢牢的套在上面。不一會兒，小書丸的尖角底部，長出一顆耀眼的綠色寶石。

林宜看了一下說：「好漂亮！雖然是綠色的寶石，但是仔細看，裡面有各種顏色在閃閃發亮！」

小書籤鬆了一口氣，說：「太好了，終於完成任務了！」

「太好了！」小書丸也開心的張開翅膀。

此時，林捷突然想起自己還身在圖書館木裡。他心裡有點擔心，張望著四周，想看看哪裡有時鐘。

「你放心，時間還在凍結的狀態喔！」小書籤看出林捷在擔心什麼。

「謝謝你們的幫忙，讓我們姊妹可以團聚。以後如果你們有需要，我們可以無條件讓你們借出去三次喔！」大大巫婆慎重的說完，接著又說：「我精通的是大地魔法咒語——呼風喚雨、讓植物生長，都難不倒我；還有治疑難雜症的咒語，我也很在行。」

小小巫婆接著說：「我精通的是童話故事咒語，童話故事裡出現過的咒語，我都會喔！還有，為了找姊姊，我練了很久的尋人和追蹤咒語，現在也很擅長喔。」

「所以壞人把大大巫婆偷走，是為了學會大地咒語嗎？還是為了治疑難雜症的咒語呢？」林捷問。

大大巫婆茫然的搖搖頭說：「不知道。」

小書籤接著問：「大大巫婆，當初是誰把你借出來的呢？」

大大巫婆抓了抓頭髮，說：「這個嘛，我也不知道！」

「不知道？怎麼可能？」小書籤和小小巫婆同時驚呼。

「當年我接到圖書預約單之後，就直接接到指定地點『祕密花園』，等待預約的讀者；但是我才剛到祕密花園的玫瑰花叢前面，就被人從後面敲昏了頭。我恢復意識之後，發現自己被關在一個又窄又黑的房間裡。那個把我綁走的人只說需要我的幫助，但是必須等他得到另外兩樣東西才行。」

小小巫婆表情嚴肅的說：「當時我查到預約單上的名字是三隻小豬中的豬大哥，他說他的確填寫了預約單打算借出大大，想請教

大大如何對付大野狼吹來的風。但是他記得他填的地點是他自己蓋的茅草屋前面，等了好久，都沒等到大大。後來還被圖書館木管理委員盤查了好久，他覺得很倒楣。」

聽了大小巫婆的描述，林捷說：「一定是有人偷偷更改了預約單。啊！會不會是大野狼怕豬大哥學會對抗狂風的魔法，所以把大大巫婆偷走呢？」聽到林捷的推論，小小巫婆立刻用力點頭說：「沒錯，我一開始也是這樣推測，但是大野狼有不在場證明——他說那天他去迷路市場逛街，根本不在圖書館木裡。我去調查過了，大野狼有申請外出單，迷路市場裡也有很多人可以證明大野狼說的話沒錯。」

「大野狼當天不在圖書館木裡？換句話說，迷路市場不在圖書館木裡，對嗎？」林捷好奇的問。

「我忘了你們兩個是人類，不知道迷路市場的存在。事實上，除了你們人類的世界，還有一個魔法世界。魔法世界裡住的大部分是魔法師和具有魔法的生物。魔法師會到圖書館木裡借閱魔法書，而圖書館木裡的居民，有時候也會到魔法世界逛逛。」小小巫婆耐心的解釋。

「原來如此！」林宜點點頭。

大大巫婆低頭想了很久，皺著眉頭說：「我也不認為是大野狼把我綁走。因為要困住我，必須要有魔法的知識；大野狼不過是個

力氣很大、想用暴力抓住小豬的童話人物，沒那麼大的能耐。我一定要想辦法找出那個可惡的偷書賊！」

「沒錯，能把大大藏了一百多年，不讓圖書館木的一級圖書館員找到，應該不是個普通的人物。我也會繼續追查這件事。大大，真抱歉，現在才找到你。」小書籤對大大巫婆行了一鞠躬，小書丸也跟著點點頭。

「沒關係，謝謝林捷和林宜的幫忙，才能讓我靠書果木把姊姊找回來。還有彩花籽，謝謝你！」小小巫婆看著大家，露出滿足快樂的笑容。

大大巫婆也笑著說：「是呀，你們兩個以後遇到困難，需要我們姊妹幫忙的時候，記得大聲呼喊：『大小巫婆姊妹』，我們就會出現，為你們效勞。」

林捷和林宜驚喜的對望了一眼，然後同聲說：「謝謝！」

第十三章

收拾善後

當大家沉浸在找到大大巫婆的喜悅中，小書籤突然臉色一變，用嚴肅的口氣說：「小小巫婆，我顧念你是為了找回大大巫婆，所以不會把你偷芽門的違規行為，呈報圖書館木的調查組。但是我以圖書館木一級館員的身分，命令你們立即收拾善後！」

大小巫婆姊妹聽了小書籤的話，彎腰鞠躬，十分恭敬的回答：「是的，遵命！」說完，兩個巫婆立刻變出兩支掃把，開始在書果木周圍掃地。在「沙沙沙」的掃地聲中，原本掉落一地的花瓣與葉子全部如同繽紛的彩蝶，回到樹枝上；歸位的花瓣又全部閉合，成為花苞，然後消失。樹葉逐漸縮小，回到葉芽的狀態；樹幹也逐漸縮小，最後成為嫩芽，縮回土壤中。接著，大大巫婆把自己的掃把在空中轉了三大圈，小小巫婆把自己的掃把在空中轉了三小圈，兩人的掃把分別變成一把小刷子。大小巫婆蹲下來，以極輕的力道來回的刷掃地面，小小巫婆突然伸出手朝空中用力一握，露出開心的笑容說：「呼，終於把書果木再恢復成種子的狀態！報告圖書館木一級館員，我們會把書菜種子收回圖書館木的種子書區。」大大巫婆小心翼翼的拿出一個小空瓶，讓小小巫婆把手中的種子倒入其中。林捷和林宜特別仔細的看，有一個比蚊子還小的黑點，在玻璃瓶裡飛來飛去。

「嗯，雖然這棵書果木經過這次開花結果後，必須等一千年才能再開花結果。但是書果木的種子仍然是很稀有的魔法藥引，請小心保管，務必要安全的送回圖書館木！」小書籤說。

此時的小書籤看起來十分威嚴而且充滿氣勢，雖然他的外表只是一隻小蜻蜓。林捷和林宜兄妹看得目瞪口呆，尤其是一開始把小書籤當作普通蜻蜓的林捷，可沒想到會看到這樣的場面。

「我還得完成最後一件事——把你們送回人類世界！林捷、林宜，我們有機會再見囉！」小小巫婆把手中的小刷子拋向空中；刷子轉了三圈，落在小小巫婆手上，又變回掃把。小小巫婆輕輕揮動掃把兩下，濃霧散去，空地消失，圖書館中的書架與書籍再次出現。四周依然安靜無聲，林捷和林宜才發現他們已經回到之前兩人玩捉迷藏的大學圖書館。林宜看了看周圍，他們還在童書區，眼前書架上明顯缺了一本書，就是她手上的《愛麗絲夢遊仙境》。

小書籤點點頭，露出滿意的表情說：「一切總算回復原狀，我們也該帶彩花籽回到圖書館木休息了。」

說完，他又對著林捷與林宜兄妹說：「為了答謝你們今天幫了大忙——不但幫忙找回失竊已久的寶貴活人書大大巫婆，還找回了芽門。我以圖書館木一級圖書館員身分，正式賦予你們圖書館木專屬的書偵探身分，你們將有機會再進入圖書館木。我會再來找你們——當然是有新任務出現的時候啦！」

「任務？是什麼樣的任務？」林捷抑制不住語氣裡的興奮。

「當然是幫忙找回圖書館木遺失的重要書籍。你們願意擔任書偵探嗎？」小書籤問。

「可是，我們不懂魔法。」林宜說，一邊怯怯的拉著哥哥林捷的手。

小書籤說：「你們對於書本的喜愛，就是最棒的魔法，也是擔任圖書館木書偵探最重要的基本條件。如果不是你們共讀《愛麗絲夢遊仙境》時快樂享受的心情，說不定再也找不到大大巫婆了。」

小書籤停頓了一下，接著他收起笑容，用十分慎重的口吻問：

「我再問你們一次：林捷、林宜，你們兄妹願意擔任圖書館木的書偵探嗎？」

林捷和林宜這次互看了一眼，一致的點點頭說：「我們很樂意！」

「順便偷偷告訴你們一個祕密：在圖書館木裡玩捉迷藏，會特別好玩呢！比方說，林宜如果在童話書區裡遇到愛麗絲，可以跟著愛麗絲一起跳進兔子洞裡去冒險，保證林捷要花好久的時間才能找到林宜。不過，沒有人類知道圖書館木的存在，請你們務必幫忙保守祕密，拜託了！」小書籤眨眨眼睛說。

林捷和林宜點頭答應。就在此時，彩花籽突然張開翅膀飛向林宜，輕輕的用觸角點了點林宜的鼻尖，又飛向林捷，在林捷的頭上繞了兩圈。

「彩花籽在對我們說話，對嗎？她說什麼呢？」林宜問小書籤。

「彩花籽說她很喜歡你們，並且祝福你們永遠都能享受書本中的知識與智慧！再見了！後會有期！」小書籤說完，小書丸頭頂上的綠色寶石發出耀眼無比的光芒。

「謝謝！再見！」林捷和林宜同時揮手，他們發現濃霧又再度升起，小書籤和彩花籽先消失在濃霧中，接著是小書丸，最後只剩一抹綠色寶石閃耀的光芒。

當寶石的光芒消失，霧再度消散，林捷和林宜同時抬起頭，他們發現牆上時鐘的時間是三點三十一分。

林捷拉起妹妹的手說：「回家吧！」

「嗯！」林宜點點頭。

當他們走出圖書館的大門，陽光依然耀眼炙熱。林宜回頭看了看圖書館，說：「哥，我總覺得我一直聞到書本的香味呢！」

林捷點點頭說：「我也聞到了！我猜那是彩花籽送給我們的禮

物！」

「我也這麼認為！」林宜望著林捷說，兩個人同時露出笑容——他們沒有發現自己的臉頰上，同時浮現一模一樣、十分好看的酒窩。

番外篇

小書籤與大野狼

當小書籤還是圖書館木的實習館員時，最重要的工作是管理童話書區。童話書區裡有各式各樣的經典童話書，這些童話書和人類圖書館中的童話書可是大不相同——故事裡的人物角色，可以活生生的自由出入書中。因此，小書籤的工作除了清點童話書區裡的藏書之外，還得確定每一本書裡的角色是否安分的在童話書區裡，或是安全無虞。

這天，到了清點書單與角色的時間，小書籤經過《愛麗絲夢遊仙境》書區時，愛麗絲正好在樹下發呆。小書籤蹲下來對著她說：

「愛麗絲，記得跟著兔子跳進洞裡時，雙手要抱住膝蓋，別張開，讓自己卡在洞裡，免得我又找不到你了。」

愛麗絲不耐煩的揮揮手說：「知道啦！兔子先生來了，這一次我一定要摸到他的短尾巴，還要看一下他的懷錶。」說完，就追著兔子先生跳進兔子洞裡。

小書籤只能搖搖頭，繼續前往下一本書。經過《三隻小豬》書區時，三隻小豬正圍在媽媽身邊，小書籤赫然發現大野狼居然躲在窗外，偷看小豬們流口水。

「喂！大野狼，還不到你出場的時間吧？」小書籤瞪著大野狼說。

「我沒有破壞故事情節，也沒說話，只是躲在這裡流口水，不行嗎？」大野狼惡狠狠的回答。

「我只是先警告你，別破壞……。唉唷！好痛！」小書籤還沒說完，額頭就被一顆石頭砸中，十分疼痛。

「啊！糟糕！砸中館員小書籤了！都是你啦！」小書籤抬起頭，發現七隻小羊躲在前面的矮樹叢裡，七嘴八舌的說。

「你們在做什麼？七隻小羊，這裡不是你們的書區，我等一下要清點書單和人物，你們快回去。」小書籤沒好氣的說。

「報告館員，我們是來監視大野狼，免得他把三隻小豬吃掉。大野狼的肚子裡又臭又黑，很可怕的。」一號小羊說。

「我的天哪！原來你不是《三隻小豬》裡的大野狼呀？」小書籤驚訝的說。

大野狼搖搖頭說：「館員，我可沒說我是喔！」

「奇怪，怎麼沒看到這個書區的大野狼呢？」小書籤說完環顧四周，突然間出現了一陣淒厲的哀嚎聲，只見另一隻大野狼痛苦的捧著肚子從另一個書區翻滾過來。

「誰來告訴我這是怎麼回事？」小書籤臉色鐵青的問。

「早知道就不答應和《三隻小豬》的大野狼交換，去《七隻小羊與大野狼》書區，說什麼一次吃了六隻小羊，比我吃不到三隻小豬還划算。結果，害我被找不到小羊的羊媽媽拿著大剪刀剪破肚皮。

我寧願跳進熱滾滾的湯，也不想被大剪刀剪破肚皮呀！痛死我了！」大野狼痛得滿地打滾，十分狼狽。

小書籤檢查了一下《三隻小豬》的大野狼的傷勢，還好不算太嚴重，很快就能恢復。但是，他開始擔心《小紅帽》裡大野狼的行蹤，還是快點出發到《小紅帽》書區去才行……。

讀書會

名師專家設計學習單，從有趣的文本培養閱讀理解力，鍛練思考力，增進寫作力，三大功力一次完成！

導讀

閱讀，對小朋友來說，是重要的養分。因為閱讀，讓我們有更多寫作的素材，讓我們得以發揮想像力，讓我們可以在別人的經驗中累積我們的智慧。其實，不只人類在閱讀，在書裡也有好多關於閱讀的奇幻想像。小朋友，你相信嗎？一隻蜻蜓會吸取書本的香氣當作食物；一隻蝴蝶會停在書本上閱讀文句；甚至在魔法世界中，人類與童話角色的閱讀行為也對整個世界產生了影響。這些充滿想像與不可思議的現象，都在這篇奇幻小說裡一一展現。

也許小朋友所接觸過的圖書館，總是冰冷嚴肅或充滿老舊氣味，但是在我們臺灣，許多充滿美感的圖書館正如雨後春筍般建造，許多好書也陸續出版。而這本書，以非常具有童話性質、戲劇效果的方式，鋪陳了一段發生在圖書館的奇幻之旅。一對兄妹因為愛書的特質，與隱藏在神祕圖書館的小精靈相遇；兄妹倆後來通過了巫婆的挑戰，也讓巫婆姊妹重新相會，最後成為神祕圖書館的書偵探。小朋友，你看，閱讀是多麼吸引人的事，充滿了魔法的魅力！它可以助人，也可以提升自己的智慧；而圖書館也成為一個更「活」、更有生命的場所。何不趁現在，趕緊拾起這本書，看看會不會和書中主角一樣，看見魔法！

快問快答

1 在〈遇見外星人?〉這一章裡，「外星人」指的是誰呢?

2 在〈藍色小蝴蝶〉和〈再度飛翔的小蝴蝶〉兩章中所出現的「蝴蝶」，帶給林宜哪些感覺上的差異呢?

3 從故事中找找看，那隻黃尾巴蜻蜓叫什麼名字?它的主要工作是什麼?

4 在〈關於圖書館木〉一章中，有提到小書籤喜歡吃的東西。請找出相關的文字敘述，並讀出來和大家分享。

5 請回想這本小說的情節，以下三個重要情節的發生排序為何?

甲、小書丸拿回芽門

乙、大小巫婆相聚

丙、小小巫婆想和林家兄妹比賽種書

6 想一想，故事中的「芽門」對小書丸和彩花籽來說，有什麼重要性？

7 在〈棒棒糖果園〉一章中，書菜種子是如何變成一棵美麗的大樹呢？

8 在〈收拾善後〉一章中，找找看擔任圖書館木書偵探的基本條件是什麼？你具備了當書偵探的條件嗎？

9 想一想，作者寫這篇故事最主要想告訴讀者什麼呢？

10 你認為哪一個章節寫得最精采？並進一步說明理由。

導讀、教案設計／**林彥佑**（高雄林園國小教師）

在那個魔法閃閃發亮的夏日午後

因為父親曾在花蓮縣光復糖廠工作的緣故，我的童年時光是在花蓮糖廠度過。廠區裡有宿舍、小學、餐廳、醫院、冰店、澡堂、游泳池，還有一間小小的圖書館。這間小小的圖書館對我來說，很重要。儘管裡面沒有多少童書，但是成疊的《國語日報》和皇冠小說，在我知曉閱讀的樂趣之後，陪伴我度過許多時光。有一回在圖書館角落裡看著《國語日報》，完全忘了時間，後來才發現圖書館員把門關起來，回家休息了。還好，門並沒有真的鎖上；我倉皇的奔出圖書館回家，雖然受了一點驚嚇，但是並沒有阻止我再度進入圖書館。後來，回想這段記憶，在那個沒冷氣的年代，外面烈日當中，卻沒有炎熱的感覺。我讀著一篇篇有趣的故事，聞著報紙的油墨味，不禁覺得那些文字一定有魔法；圖書館那個空間一定也有魔法，才讓我完全忘記身外的世界，也讓那個糊塗的圖書館員沒發現我還在圖書館之中。

【神祕圖書館系列】的原始構想，來自我對圖書館與閱讀的種種美好記憶。儘管隨著年歲增長，生活忙碌，能完全拋開世界，讓自己泡在圖書館中的魔法時光已經不存在，但是我熱愛閱讀的習慣一直都在，各式各樣的書帶給我很棒的閱讀時光。寫這一系列故事時，我又再度回到那個充滿魔法的圖書館空間裡，刺激又曲折，對我來說，是十分有趣的寫作歷程。

很開心這系列書在親子天下編輯團隊的努力之下，終於出版了。希望小讀者閱讀這系列故事之後，也能累積屬於自己的美好閱讀記憶。擁有這樣的記憶是一件很棒的事情，如同魔法一樣，將引導你走向下一段美好的閱讀經驗。祝福大家閱讀愉快！

書香書味

◎文／張子樟（青少年文學閱讀推廣人）

一、書中書之旅

傳統閱讀強調的是讀者與書籍的互動。讀者透過閱讀，可以獲得樂趣、資訊和知識。依據讀者反應論的説法，書原來是沒有生命的，不論是擺在書店、閱覽室或者圖書館裡的書架上都一樣。讀者把書打開，就賦予書生命。讀者熱心閱讀，書的生命便有了價值，所以書和讀者的關係十分密切。

讀者閱讀的過程有如到書中的世界去旅行。隨著互文性説法的問世，有幾位作家已經寫出以書中主角和書的互動為故事主軸的作品。《説不完的故事》的主角巴斯提安受到《説不完的故事》一書的召喚，跳進書裡，開始一趟神祕的冒險旅行。【吸墨鬼】系列書的作者更設法讓書中的小紅帽和大野狼到書外的世界遨遊。書中書的主角跑到書外世界，原本的書的主角卻被吸進書中書了。【墨水心】系列書的作者竟然想出藉著朗讀來召喚書中角色。她安排故事中的角色可以直接與書中其他角色互動、進出書裡書外，完全沒有任何限制。作家躲在後面，他可以決定書中主角的生死，他是真正的操作人。我們藉由他的妙筆，進入了他奇妙的幻想空間。書中人物在書裡書外穿梭自如，等於作家釋放了讀者參與的有限空間。同樣的，我們可以看出《芽門、彩花籽與小小巫婆》有類似的架構，只是情節似乎更繁雜些。

二、互文與敘述

作者林佑儒多年前曾以奇幻作品《圖書館精靈》榮獲九歌少兒文學獎，後來的作品多以寫實為主，嘗試開拓自己的創作空間，但相信她始終對奇幻念念不忘，【神祕圖書館偵探】這一系列作品便是最好的說明。

如果要將優秀的童話角色融入新作，則免不了會有不少互文的現象，但重要的是，作者要如何應用自如，恰到好處。這一點便突顯了本書作者的轉化功夫。她運用巧思，在適當的地方將經典故事《糖果屋》、《白雪公主》、《三隻小豬》、《愛麗絲夢遊仙境》等融入情節，希望激發讀者未完全開發的想像力。

藉由林捷和林宜兄妹的奇幻之旅，作者塑造了彩花籽（藍色小蝴蝶）、小書籤（黃尾巴蜻蜓）、小書丸（金龜子）和小小巫婆、大大巫婆，在神祕圖書館裡扮演特殊的角色，巧遇林家兄妹，利用書的閱讀，展露書味來解決大小問題。彩花籽、小書籤和小書丸當然是作者構想的新角色，衍生自圖書館。小小巫婆、大大巫婆卻破除了又老又醜的傳統形象，雖說不上創新，但另有新意。

全書敘述者的安排同樣是經過深思熟慮的。先是由在圖書館玩捉迷藏的林宜和林捷輪流擔任，等兩人交會後，敘述便變成全知觀點，方便講述。另外，由於故事本身帶有冒險氛圍，作者必須設計一些足以催生讀者懸念的大小問題，並且給予能讓他們心服口服的答案，這方面作者的表現也中規中矩。至於誰是偷書賊，那是另一本書的問題了。

三、圖書館木的空間

作者在這本作品裡虛擬了「圖書館木」：「……外形的確是樹的樣子……是一座活的圖書館……每一本書都是活的……裡面的空間大得驚人，它真正的藏書量是多少，沒有人知道。」同時不斷強調閱讀的氣味，顯然她的用意在於推廣大量閱讀。這讓我們想起阿根廷文學大師波赫士（Jorge Luis Borges, 1899-1986）在一九四一年寫的短篇小說〈巴別圖書館〉（The Library of Babel）。文中的圖書館實際上是指無窮無盡、周而復始的宇宙，是一篇不易閱讀的預言小說；依據後來的電子媒介發展，作者等於預告了日後閱讀習慣的改變。如果認定宇宙就是一間龐大無比的大圖書館，則只要我們睜開雙眼，目光所及之處，無一不是一種閱讀的過程。波赫士在文尾預告：「……獨一無二的人類行將滅絕，而圖書館卻會存在下去：青燈孤照，無限無動，藏有珍本，默默無聞，無用而不敗壞。」相對之下，從來沒有人發現過的圖書館木似乎有待人們繼續去追尋，而追尋的最佳方式當然從大量閱讀不同類型的書開始，書味自然遲早會變成書香。

推薦文

循著書香冒險

◎文／陳櫻慧（童書作家暨親子共讀推廣講師、思多力親子成長團隊暨網站召集人）

本書作者一定是個愛書人，才有辦法寫出這麼一個充滿書香的故事吧！

就學的年代，圖書館是閒暇時光的好去處；當時都還未翻修，屬於舊式的圖書館；走在窄長的行列之間，就像進入了寶庫，每一本書都像寶藏，濃濃的書香味兒飄散其中，是我喜歡的味道。

翻開這本書，就被作者的創意嚇一跳——藍色小蝴蝶、黃尾巴蜻蜓像放大鏡似的，彷彿停在我的眼前、鼻尖，爾後又被拉遠、沒入書本紙張裡；作者不停的使用文字把讀者的視角拉近又拉遠，故事才剛開始，就因此立體感十足。能夠和故事角色相遇的圖書館木，想必是創造了一個愛書人夢寐以求的天堂吧！在小書籤和小書丸的帶領下，進入用書堆疊的圖書館木這個奇幻世界，書的香氣就是食物，也是線索。後來小小巫婆給了一個困難的任務，看似刻意的刁難，其實背後都源自於愛！充滿緊張的探索與冒險，原來並沒有真正的壞人。

「書菜種子」到底在哪裡？能夠慢慢咀嚼故事，就能找到答案。好好的唸一個故事，帶著享受的心情，灌溉的究竟是種子，還是讀者的心？作者潛藏其中，與讀者約定好的默契，讓人忍不住會心一笑。最後，不忘帶出迷路市場來作為第二集的鋪陳，嗅著書香味兒，肯定還有一場精采的旅程。

為孩子重建想像力的桃花源

◎文／黃愛真（臺南市智慧森林兒童閱讀文化學會理事長、教育部閱讀推手）

作家林佑儒十多年前榮獲大獎的少年小說《圖書館精靈》還在腦海中迴盪，卻已經見到作家從「圖書館」概念出發，再度創作一系列全新概念的奇幻偵探讀物，讓逐漸能自行閱讀整本兒童小說的孩子們，透過書中精心設計的書籍與閱讀魔法，開始親近圖書館、進入圖書館體系的文化傳承（如：安靜、低聲說話、大量閱讀、擁有心愛的書籍等等），並逐一透過小讀者對故事內容的「偵察」來認識圖書館與書籍的祕密。作者並於故事中親自挑選、推薦兒童適讀的經典讀物（如：《金銀島》、《愛麗絲夢遊仙境》、《三隻小豬》等等），由此建構圖書館和書海裡無遠弗屆的想像世界。

本書描述，龍鳳胎林捷與林宜兄妹喜歡閱讀課外書籍，因為圖書館離家近，放學回家前都會進入大學圖書館閱讀並玩遊戲，意外接觸圖書館木精靈，並認識圖書館木精靈守護的奇幻世界，同時透過這個建構的奇幻桃花源，逐漸學習對閱讀應有的態度與認知。

美國心理學與童話研究者貝特海姆（Bruno Bettelheim，1903-1990）認為，孩子自幼容易產生很多神奇幻想；然而在現實生活中，理性知識的學習常常提早壓抑了孩子潛意識中的自由幻想，孩子學會了接受社會體制而將內在自我隱藏起來。隨著孩子逐漸長大，奇幻故事的閱讀似乎是滿足孩子早年被剝奪的內在幻想。或許貝特海姆的心理學觀點解釋了目前兒童風靡奇幻文學的理由，同時也加強了透過【神祕圖書館偵探系列】架設的圖書館文化，能因為貼近孩子內在心理機轉，而讓孩子對書籍與閱讀產生興趣。

小時候會讀、喜歡讀，不保證長大會繼續讀或是讀得懂。我們需要隨著孩子年級的增長提供不同的閱讀環境，讓他們持續享受閱讀，在閱讀中，增長學習能力。這正是【樂讀 456】系列努力的方向。 —— 中央大學學習與教學研究所教授 **柯華葳**

系列特色

1. 專為已經建立閱讀習慣的中高年級以上讀者量身打造。
2. 兩萬到四萬字的中長篇故事，培養孩子的閱讀續航力。
3. 多元化題材及結構完整的故事內容，全面提升閱讀、寫作及表達能力。
4.「456 讀書會」單元，增進深度理解與獲得新知。

妖怪醫院

世上絕無僅有的【妖怪醫院】開張了！
結合打怪、推理、冒險……「這是什麼鬼！？」
新美南吉兒童文學獎作家富安陽子
最富「人性」與「療效」的奇幻故事

故事說的是妖怪，文字卻很有暖意，從容又有趣。書裡的妖怪都露出了脆弱、好玩的一面。我們跟著男主角出入妖怪世界，也好像是穿越了我們自己的恐懼，看到了妖怪可愛的另一面呢！

——知名童書作家 **林世仁**

生活寫實故事，感受人生中各種滋味

★北市圖好書大家讀推薦入選
★教育部國民中小學新生閱讀推廣計畫選書

★教育部性別平等教育優良讀物
★文建會臺灣兒童文學一百選
★中國時報開卷年度最佳童書
★新聞局中小學優良讀物推介

★中華兒童文學獎
★文建會臺灣兒童文學一百選
★「好書大家讀」年度最佳讀物
★新聞局中小學優良讀物推介

創意源自生活，優游於現實與奇幻之間

★系列曾獲選好書大家讀年度最佳讀物獎、入選義大利波隆那國書展臺灣館推薦書

《神祕圖書館偵探》系列，乍聽之下是個圖書館發生疑案，要由小偵探解謎的推理故事。細讀後發現不完全是如此，它除了「謎」以外，也個充滿想像力的奇幻故事。

—臺南大學附設實驗小學教師 **溫美玉**

國家圖書館出版品預行編目資料

神祕圖書館偵探1：芽門、彩花籽與小小巫婆／林佑儒文；25度圖. -- 第一版. -- 臺北市：親子天下, 2016.08
136 面；17x21 公分. --（樂讀456系列；32）
ISBN 978-986-93339-6-2（平裝）

859.6 105012721

神祕圖書館偵探 1

芽門、彩花籽與小小巫婆

文｜林佑儒
圖｜ 25 度

責任編輯｜許嘉諾
外包編輯｜施至婷
美術設計｜蕭雅慧
行銷企劃｜葉怡伶

發行人｜殷允芃
創辦人兼執行長｜何琦瑜
副總經理｜林彥傑
總監｜林欣靜
版權專員｜何晨瑋、黃微真

出版者｜親子天下股份有限公司
地址｜台北市 104 建國北路一段 96 號 4 樓
電話｜（02）2509-2800　傳真｜（02）2509-2462
網址｜ www.parenting.com.tw
讀者服務專線｜（02）2662-0332　週一～週五：09:00~17:30
讀者服務傳真｜（02）2662-6048
客服信箱｜ bill@cw.com.tw
法律顧問｜台英國際商務法律事務所 · 羅明通律師
製版印刷｜中原造像股份有限公司
總經銷｜大和圖書有限公司　電話：（02）8990-2588

出版日期｜ 2016 年 8 月第一版第一次印行
2021 年 5 月第一版第十九次印行
定　價｜ 260 元
書　號｜ BKKCJ032P
I S B N ｜ 978-986-93339-6-2

訂購服務

親子天下 Shopping ｜ shopping.parenting.com.tw
海外 · 大量訂購｜ parenting@cw.com.tw
書香花園｜台北市建國北路二段 6 巷 11 號　電話（02）2506-1635
劃撥帳號｜ 50331356 親子天下股份有限公司